和科学家一起探案

实验室警报

居里夫人身边的侦探故事

[奥地利] 贝琳达 著

[韩] 柯友孙 图

陈萌萌 译

中国人口出版社
China Population Publishing House
全国百佳出版单位

著作版权登记合同
图字：01-2014-7642

图书在版编目（CIP）数据

实验室警报 /（奥）贝琳达著 ；陈萌萌译．—北京 ：中国人口出版社，2015.7
（和科学家一起探案）
ISBN 978-7-5101-3175-2

Ⅰ．①实… Ⅱ．①贝… ②陈… Ⅲ．①儿童文学—侦探小说—奥地利—现代 Ⅳ．①I521.84

中国版本图书馆 CIP 数据核字（2015）第 034722 号

实验室警报

[奥地利] 贝琳达　著
[韩] 柯友孙　图
陈萌萌　译

出版发行	中国人口出版社
社　　长	张晓林
网　　址	www.rkcbs.net
电子邮箱	rkcbs@126.com
总编室电话	(010)83519392
发行部电话	(010)83534662
传　　真	(010)83519401
地　　址	北京市西城区广安门南街 80 号中加大厦
邮　　编	100054
印　　刷	三河市天利华印刷装订有限公司
开　　本	787 毫米 ×1092 毫米　1/32
印　　张	4
字　　数	80 千字
版　　次	2015 年 7 月第 1 版
印　　次	2015 年 7 月第 1 次印刷
书　　号	ISBN 978-7-5101-3175-2
定　　价	16.00 元

目录

作案凶“猫”

冬日的太阳发出暖黄的光，透过玻璃窗照在实验室里。空气中漂浮着微小的尘粒。架子、桌子上的仪器和玻璃器皿散发出神秘的光泽。

但是孩子们的注意力不在这里，他们全都聚精会神地观察着面前实验台上的试管。试管开口朝下，对着酒精灯。

“这有什么好玩的？”站在孩子们背后的记者问道。郎之万教授微微一笑，两撮大胡子随之上扬了起来。他冲孩子们眨眨眼，鼓励他们来解释给这位记者听。

弗雷德里克第一个站了起来。

“我们在检验试管里是什么物质。如果点燃酒精灯听到一种沉闷的‘噗’声，那么试管里就是氢气。因为这是氢气在空气中的燃烧反应。但是如果听到的是轻微的爆炸声，那么试管里就是氢气和氧气的混合气体。”

他解释完继续看着试管。

记者有些迷惑地点点头，正想问个什么问题，忽然听到一声震耳的爆炸声。

伊蕾娜笑着拍拍手。弗雷德里克笑着说：“如果听到的是一声剧烈的‘嗡’声，那么试管里就是瓦斯了。”

“瓦斯？”记者突然神色大变，脸色苍白。

“结论就是：氢气、氧气受热，加上大量空气，就会有爆炸声。”弗雷德里克笑着说。

“您做这些是为了什么呢？”记者不解地问郎之万教授。

郎之万教授笑了笑，把酒精灯熄灭，“先生，孩子们应该通过实验了解化学这门学科。”

“为此您不惜把索邦大学的实验室炸得片瓦不留？”

“当然不是。我们应该知道怎么检测一个容器里是不是有瓦斯，这很重要。我们是为了避免在更大的实验当中发生爆炸，就这么简单。”

教授用友好但很干脆的一句“再见，舍瓦利尔先生”把记者送出了门，然后帮着学生们把实验室整理好。今天的课就这样结束了。

“今天还有喜事在等你回家庆祝呢，伊蕾娜。”郎之万教授从背后瞄了两眼伊蕾娜的笔记，赞赏地点点头。伊蕾娜呆呆地看着他。

“为什么这么说？”

“你回家就知道了。”

“郎之万教授，您不能在说出一个疑问后又不给予解答，这不符合科学研究的精神。”伊蕾娜不高兴地说。

郎之万教授无奈地举起手，笑着说：“好吧，好吧。我听说你母亲要被选为法国科学院院士了。当然，是在通过评选的前提下。但是我相信她会的。”

说着，郎之万教授抓起他的资料匆匆出门了——另一个班的学生在等着他上课呢，他已经迟到了。伊蕾娜不敢相信她所听到的，惊讶地张着嘴看着弗雷德

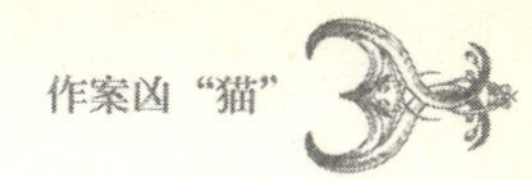

里克。

弗雷德里克满脸喜悦，“太棒了！你母亲要进科学院了！”

“还没有一位女性做到过这一点！”

“你的母亲做到了！快，我们赶快去你家。我们要把这个消息告诉她！”

弗雷德里克从凳子上拉起还在怔怔出神的伊蕾娜，跑出门去。

他们可能从来没有像今天这样把自行车骑得这么快。索镇位于巴黎的西南部，离索邦大学很远，起码对于骑自行车来说是很远的，一路上要跟有轨马车、出租马车、普通马车和汽车作斗争。但是今天伊蕾娜觉得路好像短了一半。她简直要在石头路面上飞起来了。到家后，她把自行车胡乱往墙边一扔，就和弗雷德里克冲进屋里。

客厅里有很多人，厢房和过道也站满了客人，他们手里端着杯子，谈笑风生。

“祝贺玛丽入选！”亨利·庞加莱——著名的数学家，居里夫人的朋友，声如洪钟，几乎要响彻整个房子。

伊蕾娜有些不习惯这么多人，她在人群里寻找着母亲。居里夫人眼中混杂着喜悦和无奈的神情。她跟女儿一样，不喜欢客厅里的喧闹。

“妈妈，这太好了！”伊蕾娜依偎在母亲身边说。

“首先，我还没有通过最终的评选，其次，我对名利不感兴趣，你是知道的。”居里夫人摸着女儿的头发说。

“可是妈妈……”伊蕾娜的话还没说完，埃丽丝——家里的仆人，突然冒冒失失地闯进来，说饭做好了。

弗雷德里克每天都是居里家的座上宾，虽然他自己的家就在隔壁。他抢了伊蕾娜和她的妹妹伊芙中间的位置坐下，扫了一眼客人们，除了庞加莱先生，他认识的还有化学系主任保罗・艾培以及索邦大学教授让・佩兰。只有两位客人他完全不认识。

“这是谁？”他悄悄地问伊蕾娜。伊蕾娜耸了耸肩，表示自己也不认识。

居里夫人听到了，向他们介绍了那两位客人。

“这是奥黛特・杜邦夫人和安东尼・罗氏先生。他们是科学家，不久前才到巴黎。”

伊蕾娜认真地观察着，杜邦夫人的微笑看起来很不自然，罗氏先生的微笑看起来有些不怀好意。她感到奇怪，因为母亲很少请陌生人来家里做客。好吧，或许他们是跟其他祝贺者一起来的，伊蕾娜想。

“你会接受这个荣誉吗，妈妈？”她问母亲。

“我……”居里夫人还没说完，忽然，“哐当”一声巨响，把所有人都吓了一跳。

“是从花园传来的。”弗雷德里克首先做出判断。

“肯定是埃丽丝又打碎了什么东西。”伊芙说。

“没错，她有时很不小心。”居里夫人向客人们道过歉，走出去想看个究竟。伊蕾娜和弗雷德里克也跟了出去。

居里夫人刚走进花园，家里的花斑灰猫迪迪“喵”地尖叫了一声，从他们身边蹿了过去。

居里夫人笑着摇摇头，却发现盛厨房垃圾的铁皮桶歪倒在地，土豆皮和菜叶子洒了一地。她笑着说：“啊，是迪迪打翻了垃圾桶。”

她把铁桶扶正。垃圾是留着作肥料的，所以她把桶放回到花园长凳上，便进了屋。弗雷德里克也要进去，被伊蕾娜拉住了。

“我不认为这是迪迪干的。”她十分肯定地说。

? 为什么伊蕾娜这么确定不是迪迪捣的鬼？

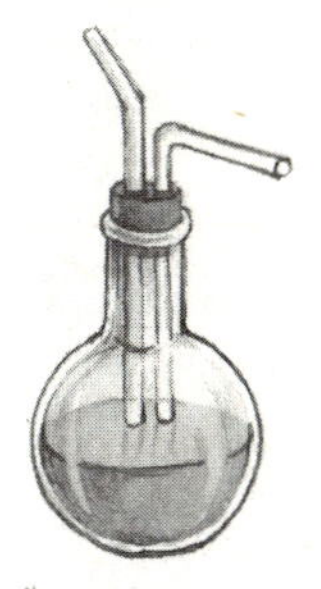

神秘的纸条

“你说得太对了！”弗雷德里克同意伊蕾娜的观点，“猫对蔬菜没有什么兴趣，也不会去翻垃圾。”

“肯定不是迪迪干的！你看，门把手上还挂着一块土豆皮。迪迪跳不了这么高。不对，这里有什么不太对劲儿。我们得告诉妈妈。”

伊蕾娜把脸上的一缕头发拢到脑后，回到了客厅。弗雷德里克又扫了一眼花园，皱了皱眉头，也回屋去了。

伊蕾娜已经在桌子旁坐下。客人们兴致都很高，早已忘了那点不愉快的小事，他们都在为居里夫人的

成就举杯祝贺。

保罗·艾培站起身，用勺子敲敲杯子，以骄傲的口吻笑着对居里夫人说：“敬科学院的第一位女院士！”

其他客人也都举起杯，祝贺居里夫人。居里夫人显然有些发窘。

弗雷德里克正要坐回到伊芙和伊蕾娜中间，伊蕾娜迅速喝了口水，以免碰到母亲的头。但是不等母亲坐下，她就拽着母亲的袖子说：“妈妈，这里有些不对劲儿。”

居里夫人惊讶地看着女儿。

“你说什么？”

“迪迪是只猫，猫不喜欢翻弄垃圾。”

“另外门把手上还挂着一块土豆皮，”弗雷德里克站在伊蕾娜旁边补充说，“想想看，那是怎么挂上去的？迪迪跳不了那么高。”

“那么，你们的推论是什么？”居里夫人的询问方式让人感觉他们是在课堂上，老师在问学生“自由落体的公式是什么”。

“这里来过小偷。”伊蕾娜坚定地说。

“小偷？”伊芙吃惊地喊道。她刚刚用勺子往嘴里塞了一口布丁，现在勺子“咣当”一声掉在了盘子里。居里夫人皱起了眉头，客人们热闹的谈话也戛然而止。所有人都盯着居里夫人。

“你家有小偷？”保罗·艾培有些不安地问。

居里夫人摇摇头。

“小偷？不会。多半是哪个饿鬼在寻找食物。现在有很多人生活艰难。虽然我不喜欢别人闯入我的花园，但是小偷并不可怕。解不开科学难题，才是我们应该害怕的！”

小伊芙好像放了心，她伸手要拿旁边弗雷德里克的布丁，但是弗雷德里克守住了自己的食物。保罗·艾培眨了眨眼，把他的盘子推到小伊芙面前。

“接下来几天我们要应付一堆烦人的事情，亲爱的玛丽，”让·佩兰说，“你知道，科学院的院士们倾向于给那些让他们感到亲切的人投票。”

居里夫人叹口气，她的脸上好像飘过了一片乌云，“我有很多事情要做。但是我知道这是必要的。”

保罗·艾培放心地笑了笑，说：“这是值得的。一旦成了科学院院士，你申请个人实验室资金的事情就会得到批准。所以麻烦点儿也是值得的。”

“这也正是我参选院士的原因。扩建、改善自己的实验室，不用再为资金短缺担心。”

“只有爱德华·布朗莱是您的绊脚石。他是一个强劲的对手。”一直很少说话的安东尼·罗氏说。他的女伴奥黛特·杜邦一边卖力地点头，一边不自然地啜着杯里的酒。

“这个布朗莱是个名人，而且声望很高。他在天主教的研究所里任职，他的个人发明树立了无线电技术领域的里程碑。”安东尼·罗氏说得头头是道。

保罗·艾培平和而又非常坚定地打断他：“玛丽的研究为人类树立了更大的里程碑。”

居里夫人对朋友的话感到好笑，摇了摇头。安东尼·罗氏清了清嗓子，对居里夫人说：“我无意贬低您的工作。恰恰相反，我是您忠实的崇拜者。我本人在自己的研究中没有什么成就。我不懂外语，也就是说，国外有了任何重要的发明，我都要一直等到它们被翻译过来才能了解原委。”

“我也只会说法语。我也不会有什么成就。”奥黛特·杜邦咯咯地笑着说。客人们说笑了一会儿，话题又转到其他事情上。

“法语是你们的母语。但是波兰语也应该一直伴随着你们，这是妈妈的母语，妈妈祖先的语言。”

伊蕾娜看到妹妹伊芙在纸上歪歪扭扭地写着“我之后去上学”几个字。伊芙跟她很不同。伊芙更活泼坦诚，乐于接受新事物，心里很少藏事，包括昨天窃贼的事也能很快忘得一干二净。不像她，想了大半夜。这件事对她来说太邪门：是谁这么大胆，居然闯到人家的花园里？

“你在听我说话吗？”居里夫人的喊声把伊蕾娜的思绪从胡思乱想中拉了出来。伊蕾娜感觉自己的想法被妈妈窥探到了。

“对不起，妈妈……”她急忙用法语说。

“请用波兰语！”

“对不起，”她又用波兰语重复了一遍。

“你的发音越来越好了，伊蕾娜。”居里夫人骄傲地夸赞道，“但是现在我们要抓紧时间了，如果我们还想及时赶到那里的话。”

伊蕾娜笑了，她喜欢上妈妈的课。诺伊赛特小姐已经在门外等候了，她撑了一把伞在伊芙头上。

“要下雪了。”诺伊赛特小姐说着要给伊芙套一件厚外套。伊芙不大乐意，最后还是被诺伊赛特小姐拉着去学校了。

等居里夫人和伊蕾娜从隔壁接了弗雷德里克以后，天空飘起了鹅毛大雪。他们匆忙去赶有轨马车。拉车的两匹马在重负下打着响鼻儿，马车每天早晨都是超载的。乘客们衣服上的雪很快蒸发了，而车外路面上的雪则堆积得越来越厚。

终于到了索邦大学，居里夫人缩着脖子大步向前走。伊蕾娜正想赶上去，弗雷德里克拽住了她的袖子。

“哦，天啊！伊蕾娜快看！”

伊蕾娜站住一看，原来学校前面围了很多人。雪下得这么大，他们却站成一堆儿，大声地讨论着什么事情。

“妈妈，等等！”伊蕾娜喊。

居里夫人居然完全没注意到这些人。她的思绪早就飞到课堂上了。现在她惊讶地看着他们举在手上的标语。

上面写的是："拒绝女院士！"

居里夫人丝毫不以为然。

"早上好，居里夫人！"

一个肩膀宽厚、胡须卷曲的高大男士冲他们冷笑了一下，用手指懒散地敲了敲自己的帽檐，便走开了。人群却鼓起掌来。

"这是爱德华·布朗莱。"弗雷德里克小声说。

"无所谓，我们有其他事情要做，没工夫理会这些人。"居里夫人语气坚定。

他们尽可能不引人注意地穿过人群，走进校园。

"等等，伊蕾娜！"弗雷德里克弯下腰从地上捡起一张湿透了的纸条。

"这是刚刚从布朗莱一个追随者的口袋里掉出来的。可这是什么意思呢？"

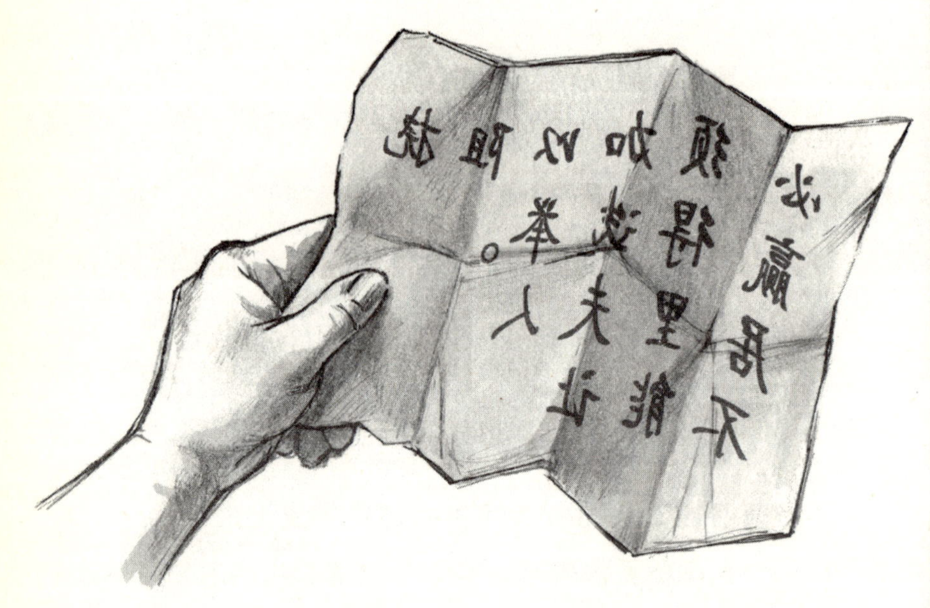

你能解开纸条上的秘语吗?

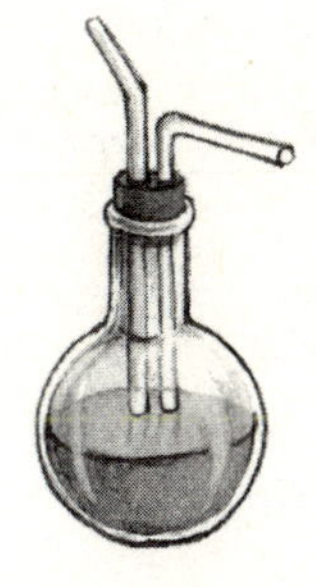

实验

“不能让居里夫人赢得选举。必须加以阻挠。”弗雷德里克读纸片内容的声音越来越轻。伊蕾娜盯着纸片，也惊呆了。一大片雪花落到纸上，化成水，墨迹变模糊了。

“快把纸条收起来，别让字迹模糊得没法辨认了。”伊蕾娜的声音有点发抖，“我们必须拿给妈妈看！”

弗雷德里克小心翼翼地用指尖把纸条塞到口袋里。

“妈妈在前面！”伊蕾娜说着拉起弗雷德里克，他们一起穿过校门前的人群。

居里夫人站在拱门下，正在等他们俩。还没走到她身边，伊蕾娜就喊：“妈妈，有人要阻止你参加选举！”

居里夫人扬了扬眉毛，“这是显而易见的，亲爱的。这些人当然不会无缘无故地集会。”

“我不这么认为。我们找到了一张纸条，上面写着要阻止选举的进行。”伊蕾娜快喘不上气了。

“那我也无能为力。他们确实不该选我。好在人们最终还会看工作成绩，包括课上得怎么样。”居里夫人欣慰地说。

伊蕾娜无奈地看看弗雷德里克，弗雷德里克也只能耸耸肩，跟着伊蕾娜的妈妈走进校园。

居里夫人看上去好像根本没有发生过任何值得一提的事一样，微笑着走上讲台。她拢了拢头发，打开讲义。

“我们现在做一个实验。”

伊蕾娜和弗雷德里克跟其他同学一起随着居里老

师走到实验台前。出乎大家的预料，居里夫人只往烧瓶里加了点儿水，放到酒精灯上面，点着了火。

“我们要煮水？”伊蕾娜有些疑惑。

“是的，我们要煮水。”她的母亲用幽默的语调轻描淡写地回答。等到水面上开始出现气泡的时候，居里夫人熄灭了酒精灯，“我的问题是，怎样使水尽可能久地保温？”

这个问题听起来很小儿科。伊蕾娜和弗雷德里克差点儿笑出声来，不过他们马上就跟其他同学一样感到问题挺棘手的。他们想了一堆复杂的措施，又陆续一个一个地推翻；最不可思议的方法被提出来又被舍弃，大部分方案都不可行。而烧瓶里的水正在一点点地变凉。

“我们可以把烧瓶包在羊毛里。羊毛可以保暖，我早上穿羊毛袜子的时候，我妈妈就经常这么说。”弗雷德里克若有所思地盯着烧瓶说。

班里爆发出一阵笑声。伊蕾娜也咯咯笑了。

时间在一分一秒地过去。已经到了下课时间，可问题还没解决。

“你会怎么做，妈妈？”伊蕾娜问。

“我会加一个瓶塞。”居里夫人简短地回答。

弗雷德里克使劲儿拍了一下自己的脑门，伊蕾娜跟其他同学一样不可置信地摇头。是啊，一个实验可以如此简单！他们却想得太复杂了。同学们准备散了。

“等等！都不许走！”

居里夫人的音调向来不高，但是很容易听出话音里的情绪。现在她的声音里就带着生气的意思。伊蕾娜抬头一看，妈妈的脸有些微红，眼睛里是生气的小火苗。

“不要告诉我，你们过一会儿或者明天或者下一堂课会来整理的！永远不要留下一个不整洁甚至脏乱的实验室！科学是严谨的。实验室也应该严谨地整理好。”

已经快跑出门去的学生们，一个个都面有悔意地回来整理实验室。整理完以后，学生们都跑回家了，居里夫人带着弗雷德里克和伊蕾娜去了拉丁区①。

“啊，真烦人，”居里夫人突然说，“我把笔记本忘在居维叶大街的实验室了。可是下一堂课马上就要

①拉丁区：巴黎市的一个区。

开始了，你们能帮我去拿一下吗？”

“当然可以，妈妈！”

他们跟居里夫人说了再见，赶去实验室所在的居维叶大街。下午的天空灰蒙蒙的，又有雾，让人感觉像是黄昏。走到实验楼下面，伊蕾娜往楼上瞅了一眼。

“有人刚刚关了实验室的灯。”她发现。

“可能是莫里斯。他工作起来跟你妈妈一样卖力。”弗雷德里克说着竖起了夹克领子。气温下降，湿冷的空气渗入骨髓。

伊蕾娜点头。莫里斯是妈妈的外甥，跟妈妈一样勤奋，日后有望成就一番事业。

雪下得更大了。两个人像敏捷的老鼠一样跑进楼里，飞奔向实验室。房间里极其阴冷，弗雷德里克恨不得赶快出去。伊蕾娜打开灯之后，顿时目瞪口呆了。“我们要小心，这里有情况！”她惊异地对弗雷德里克说。

伊蕾娜觉得哪里不对劲儿?

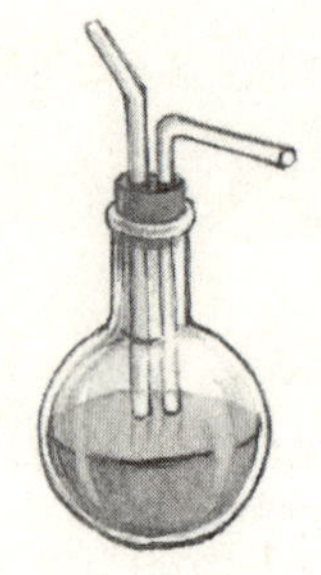

层出不穷的问题

“莫里斯肯定只是离开一小会儿。”弗雷德里克试图让她安心。

“不会的。那也不会是这种场面。你知道妈妈对实验室不整洁是多么在意。即使莫里斯只是离开半小时，他也不会让实验室这么一片狼藉！”伊蕾娜确定地说，“这太奇怪了！”她看着脏乱的实验室百思不得其解。

“但是除了莫里斯，来过这里的还能有谁呢？”弗雷德里克打量着桌子，上面确实太乱了。“或者，是布朗莱的追随者？”他思考着，“为了找到对你妈

妈不利的证据？”

“能是什么证据呢？”伊蕾娜想不通，这个疑问简直像无解的爱因斯坦难题。弗雷德里克也没有主意。他的眼睛扫过实验室。架子和搁板上，酒精灯、试管、烧瓶还有玻璃器皿都摆放得整整齐齐。一架居里天平微微地散发着金属光泽。物理仪器和其他量具都放在下面的桌子上。一切都井井有条，看得出是细心规整好的。与之相比，实验台上的一片狼藉倒更加刺眼。

“嗯，如果是有人想将你妈妈的研究成果窃为己

有呢？”

“但是布朗莱是绝不会这么做的！”伊蕾娜不同意，像他那样级别的科学家是不可能做出这种窃取精神财富的勾当的，这会使他身败名裂。

“他不会，但是他的追随者呢，有可能吧？”弗雷德里克说。其实他心里也不太确定，布朗莱的追随者不会这么无耻吧……会吗？

“目前妈妈正在研究放射性元素的化学性质。谁会认为这个重要呢？”

“除了全世界的人，谁也不会。”弗雷德里克耍贫嘴。全世界都在关注居里夫人的研究。信件从最遥远的国度飘来，人们询问有关放射性元素的问题，科学刊物纷纷报道研究结果。这么说来，全世界的人都有来过实验室的嫌疑了。

“我知道。”伊蕾娜叹了口气。忽然她停住一想，盯着弗雷德里克说：“万一有人想篡改研究报告，想毁了妈妈的名声呢？”

“那我们又要怀疑到布朗莱的追随者身上了。”弗雷德里克的话像没说一样。

“对！”

“你妈妈的笔记本在哪儿啊？我们不是来拿笔记本的吗？它不会……”弗雷德里克表示疑惑的话没有说完，如果珍贵的笔记被偷了，那后果真是不堪设想！但是伊蕾娜轻轻地笑了。

“妈妈总是把它藏起来的。正因如此，她自己才经常把它忘在实验室。看！”

伊蕾娜走到屋角放着的小课桌前面。这个桌子有些不平，有点儿摇晃，但它依然是居里夫人最喜欢的物件之一。它有一个夹层，一掀桌面，“咔”地就露出来了。弗雷德里克惊讶不

已地看着伊蕾娜从里面掏出了笔记本。

“我们走之前要整理一下吗？”弗雷德里克问。

“好啊！这里看起来太乱了！”一个声音从背后传来。

伊蕾娜和弗雷德里克转身一看，是莫里斯。他刚进来，吃惊地盯着实验台。

“你们在这儿干什么？”

“没什么。我们来拿妈妈的笔记本。我们刚才还想，是不是你把这儿搞得这么乱的。”

“怎么可能。不是我。呃，起码我觉得不是我。”莫里斯叽里咕噜地说。

“你也是刚过来吗？”弗雷德里克好奇地问。

莫里斯点头，“是的。我要寄一些样品，不知道是否拿够了钱，就一直在算邮费得多少钱。可能我太心不在焉了，完全忘记了这是实验室？虽然……啊，我不知道。”

莫里斯看起来非常伤心失望，而且在努力思索。

伊蕾娜和弗雷德里克不由得皱起了眉头。是啊，莫里斯是天生的科学家。不说是天才也算得上非常聪明，但是他却总是丢三落四的，有时候甚至会穿两只颜色不同的袜子。

他们帮莫里斯一起收拾好实验室，准备回学校去。雪还在下，鹅毛一样的雪花落在石头路面上，把地弄得非常滑，让他们走在路上感觉自己穿的是溜冰鞋。

“我认为莫里斯没有把桌子搞乱。”弗雷德里克忽然站住说。他好像忘了天在下雪这回事一样。水从他的头发上滴下来，沿着他的脸颊流到脖子里，他都没在意。因为他突然想起一件令他不安的事情。

“你说什么？”伊蕾娜不解。

“如果莫里斯去寄东西了，那么跟我们一同在实验楼里的应该另有其人。是这个人在我们走到楼下的时候把灯关了。”

“很对，”伊蕾娜一下子严肃起来了，她擦掉睫毛上的雪花，说，“弗雷德里克，我们得弄清这个人是谁。”他们正要跑进校园，伊蕾娜注意到一个拿着刚印刷出来的报纸吆喝的报童。他站在一个鲜花摊子前面，手里举着报纸喊：“居里夫人——妇女不许进入科学院啦！来读读最新的《精益求精》啦！”

“这又是哪一出啊？”弗雷德里克发愁地说。

伊蕾娜没理他，却盯着那个报童。很快他身边就围上来一堆人。

“他们对这个消息趋之若鹜啊。”伊蕾娜伤心地说。

“也可能是你妈妈的支持者啊，他们想了解情况。”弗雷德里克轻声说，“看，奥黛特·杜邦和安东尼·罗氏也在那边。还有昨天来我们课上的记者，古斯塔夫·舍瓦利尔。”

“那你还说不是敌人？喏，他们现在还跟布朗莱的追随者聊上了！我能认出那三个人的相貌。我知道他们是布朗莱的学生。”

“我们直接过去问问他们好了。”弗雷德里克温和地说。他径直朝奥黛特·杜邦、安东尼·罗氏和记者走去。伊蕾娜跟在他后面。她是绝不会跟生人说话的。弗雷德里克知道她这个性格，所以挺身而出，自己去问。

他刚接近人群，古斯塔夫·舍瓦利尔却转身走开了。但是奥黛特·杜邦和安东尼·罗氏还站在那儿。

弗雷德里克鼓起勇气，鞠了个躬，说：“我们以为您是站在居里夫人这边的。”

奥黛特·杜邦吓了一跳，安东尼·罗氏开始显得很生气，认出是弗雷德里克后，他的脸色和悦起来。他说：“我们是站在居里夫人这边的。尽管如此我们还是想知道发生了什么事。我们应该眼观六路、耳听八方。”他捻着胡子说。

“对，我们已经在校门口站了几个小时了，为了观察动静。”奥黛特·杜邦补充说。

弗雷德里克微笑着，接着转身低声对伊蕾娜说：“这不可能是真的。”

?奥黛特·杜邦的话里有什么不对?

秘密

“他们两个为什么要说谎？难道他们真的是布朗莱的追随者？”弗雷德里克看着奥黛特·杜邦和安东尼·罗氏的背影说。两人很快就消失在人群中了，只有安东尼·罗氏的大礼帽还隐约可见。

“我们必须多了解了解他们。”伊蕾娜说。

两个人主意已定，便穿过拱廊跑到索邦大学门口。伊蕾娜去给母亲送笔记本，弗雷德里克去找人打听。这个时间还没上课，走廊上只有三三两两的学生。弗雷德里克以最快的速度奔走在拱廊中。他的鞋湿了，在大理石地面上不停地打滑。脚步声回响在拱廊中。

有的教室里传来欢声笑语，有的教室里大学生们在有节奏地敲打桌面给教授鼓掌。他不断地四处张望，却找不到一张熟悉的面孔。正想放弃的时候，他发现保罗·艾培和让·佩兰站在一扇窗户下。终于找到可以打听的人了！他正在想着怎么跟他们两位开口，保罗·艾培已经注意到了他，招手让他过去。

“弗雷德里克，你迷路了吗？”他对跑到他们身边的弗雷德里克说。

“不是的，先生。不会发生这种事。我其实……在找您。”弗雷德里克有点胆怯了。保罗·艾培不仅身材魁梧，还是堂堂的系主任。不过弗雷德里克还是要跟他谈谈！

“找我？”保罗·艾培有点儿惊讶，又有点儿好奇。他扬起了浓眉追问。

“你有什么数学问题吗？”让·佩兰问。他调皮的微笑让弗雷德里克找到了勇气。

“《精益求精》上有个新闻标题非常恐怖。”他说。

“又发生了这种事？”保罗·艾培嘟哝道。

“是的。”弗雷德里克看到保罗·艾培和让·佩兰都显得很严肃和忧虑，便说：“我们在想，到底谁是站在居里夫人这边的。我们在外面看到了奥黛特·杜邦女士和安东尼·罗氏先生。他们跟布朗莱教授的追随者站在一块儿。所以我们，就是伊蕾娜和我，想知道

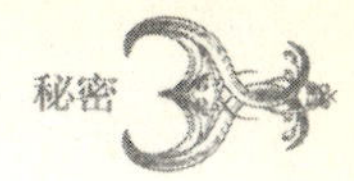

他们是不是真的支持居里夫人。”

保罗·艾培很吃惊，让·佩兰则显得很困惑，他捋了捋胡须，耸着肩说：“嗯，我其实对这两个人的了解不是很多。你可能比较了解吧，保罗？”

保罗·艾培摇摇头，“没有。他们是几周前才来

的巴黎，对居里夫人的研究很感兴趣。他们本身也是学者，想帮助玛丽将她的发明介绍给更多的人。据我所知，他们很富有，仅凭这一点也许就不无用处。”

“你觉得他们可能会伤害居里夫人吗？”让·佩兰试探性地询问弗雷德里克。

弗雷德里克不知道该怎么回答。他不能对有声望的学者信口雌黄啊！他正在想怎么应对才不会显得有恶意，这时庞加莱教授浑厚的声音从背后传来，打断了他们：“啊，你们在这儿啊！”

弗雷德里克转身一看，心里顿时觉得轻松了很多。因为伊蕾娜也跟着过来了。有个人做伴总是好的。

庞加莱教授大步向他们走来，喊道：“外面又乱起来了。布朗莱的追随者真是天不怕地不怕。一场针对玛丽的黑幕竞选粉墨登场了！”

保罗·艾培和让·佩兰面有怒色地点点头。亨利·庞加莱接着说：“但是《费加罗报》是站在玛丽这边的，这个报纸的名声比街头小报《精益求精》强

多了。”

“而且玛丽有很多支持者，他们是不会相信这种谣言的。任凭他们怎么胡编乱造，没有人相信他们。”保罗·艾培说着冲伊蕾娜和弗雷德里克眨眨眼以示鼓励。

这时，远处传来教堂的钟声，让·佩兰忽然想起他还有课。

“我的课马上要开始了！”他说完匆匆离开了。

“没事的，你母亲总能渡过难关。”亨利·庞加莱说完也和保罗·艾培进教室上课了。

剩下伊蕾娜和弗雷德里克站在那儿。

“我们毫无进展，不是吗？”弗雷德里克嘟哝道。

“没有实质性的进展，”伊蕾娜有点儿泄气，“有人去过实验室，他们闯进去翻了东西。布朗莱的追随者越来越嚣张了。其他完全是未知数。”

“那我们就先回家一趟吧。腿脚勤快，脑子才能转得快——这是你妈妈常说的。”弗雷德里克笑着说，他试图让伊蕾娜高兴起来。伊蕾娜笑着，跟弗雷德里克一块儿回家了。

回到家，埃丽丝给他们端上了热气腾腾的苹果酱，还有香喷喷的蛋饼。伊蕾娜心满意足，弗雷德里克乐得合不拢嘴。他们正吃着，莫里斯不请自来了。

“哇，好吃的蛋饼。”他说着坐下端起盘子开始吃起来。

“莫里斯，你认识奥黛特·杜邦和安东尼·罗氏吗？如果认识，你对他们的印象怎么样？”伊蕾娜冷不丁地问。

莫里斯吃了一大口蛋饼，用餐巾擦擦嘴角，说："我只见过他们两次，在实验室。我觉得他们好奇心太重了。另外，安东尼·罗氏的口音很奇怪。"

"怎么讲？"弗雷德里克赶忙追问。

莫里斯耸了耸肩，"他的法语听着特别怪。可能他来自南部吧……好了，现在我要回实验室去，看看我的实验进展得怎么样了。"

莫里斯亲了亲伊蕾娜的脸颊，摸摸弗雷德里克的头，就出去了。他们没能提更多的问题。

"莫里斯刚才说得没错，罗氏先生的口音确实有一种奇怪的方言的味道。起码莫里斯也觉得他们两个人不正常。他是第一个这么觉得的。当然，除了我们俩。也许明天我们会发现更多信息，不过现在我也得回家了。"弗雷德里克说着站起身。

伊蕾娜把他送到门口。路灯已经亮起来了。夜晚很宁静，依稀可以听到莫里斯远去的脚步声。弗雷德里克再次冲伊蕾娜挥挥手。伊蕾娜正想关上门，忽然

注意到一些东西，它们正好在路灯能照见的地方。她弯腰一看，是几张碎纸片。

“弗雷德里克！回来！看看这个！”伊蕾娜急忙喊。

弗雷德里克又转身回来，看了看伊蕾娜所指的东西，轻轻吹了个口哨。他们蹲下来试图把碎片拼到一起。

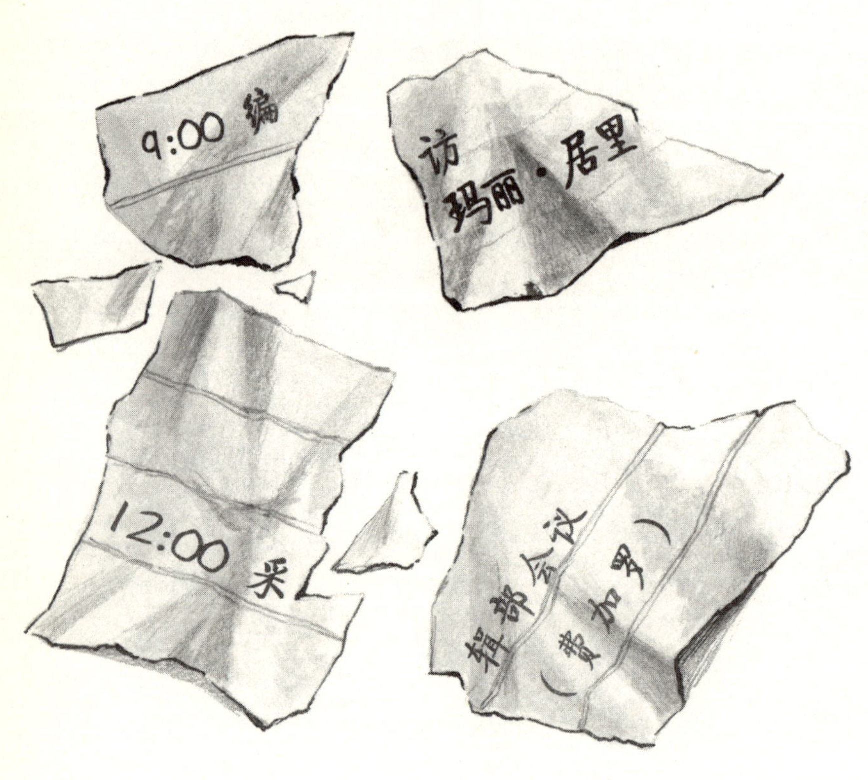

纸片给他们什么启示？

诽谤

“是《费加罗报》，上面还有居里的名字。有记者想来我们家！”伊蕾娜确定地说。

“但是所有人都知道，你妈妈不接受采访。而且大家也知道，她通常都在实验室工作到深夜。所以来家里是没有意义的。”弗雷德里克一脸不解。

“一切都没有关联，全是一头雾水。”伊蕾娜重重叹着气站起身来。她拍了拍衣服上的雪花，把纸片塞到口袋里。

“今天是解不开谜题了。明天还有时间。或许明天就水落石出了呢。”

弗雷德里克捅捅伊蕾娜，让她振奋起来，两人互相道别。伊蕾娜还在思索，她注视着弗雷德里克的背影，直到他进门不见了，才悄悄回屋，上楼跑到自己房间。

她飞快地换上睡衣，草草地冲了个澡，仆人诺伊赛特小姐也没管她。她刚爬到床上，卧室门被推开了。

“啊，你已经睡下了。很好。”诺伊赛特小姐很高兴，便又把门关上了。只听见伊芙欢快地说了声：“晚安，做个好梦！”之后房子里便一片寂静了。虽然这样，伊蕾娜还是睡不着。她在床上翻来覆去，担心着妈妈。妈妈晚些时候会回到家，点燃前厅的暖炉，以便第二天早上的时候屋子里暖暖的，然后她才会悄悄地回屋睡觉。可怜的妈妈，她那么慈爱、关心他人，工作中那么认真、不辞辛苦，现在却被人如此诋毁。这不公平！

终于睡着后，伊蕾娜开始做梦了，她梦到了妈妈，梦是那么真实，以至于第二天早上听到妈妈声音的时

候，她都不知道自己是在梦里还是在现实中。

“伊蕾娜，起床啦，亲爱的。你得去上课了。”

伊蕾娜感觉到妈妈在温柔地抚摸她的头发，她揉了揉眼，才把噩梦彻底赶跑了。

“妈妈，看见你真好！”她说。

居里夫人微笑着看着女儿，抱了她一下。

居里夫人然后下楼去了。

伊蕾娜从床上跳下来。昨晚多么恐怖啊！她做了一个多么可怕的梦。今天一定比昨天好，她信心十足地想。

开头的几个小时似乎证明她是正确的。郎之万教授的课像往常一样有趣，她和弗雷德里克解决了一个数学难题。前一天的乌云终于消散了，太阳公公露出了笑脸，把光芒照耀在骑着单车的他们身上。

这一天是如此美好，以至于伊蕾娜快把前一天的不愉快忘记了。他们一路说笑，忽然，弗雷德里克来了个急刹车，差点儿撞到路边老奶奶的鲜花摊子上。

“怎么了？”伊蕾娜也停下来，不过停得稳多了。

弗雷德里克指着一个卖报的人，他正在往外拿新一期的《精益求精》。伊蕾娜的脸“刷”地一下白了。上面写的什么？她跳下车走到报纸跟前，大大的黑体字刺入她的眼睛：“居里夫人——外国女人在抢法国

人的饭碗！”

伊蕾娜读着下面的正文，气不打一处来。

“真是难以置信！”弗雷德里克走上来说。

“我不能允许他们这么写我妈妈！”伊蕾娜气愤地说。

“想读报，就买一份。”卖报的不识趣地说。伊蕾娜只哼了一声，弗雷德里克看也没看他。伊蕾娜又骑上了自行车。

“你有什么打算？”弗雷德里克问。

“我要去找《精益求精》报社，好好问问他们！”伊蕾娜怒气冲冲地说。弗雷德里克歪了歪头，挑了挑眉毛。伊蕾娜转念一想又说：“当然你得跟着我去，我不跟陌生人说话。”

弗雷德里克认真地点头。

“但是我们去那儿也没什么用。他们反对妇女进科学院。他们不会听一个小姑娘和她的朋友说话的。”他说。

伊蕾娜愣了愣。这个她压根儿没想到呢！那怎么办呢？她已经气得脑子一团糨糊了。

“我们去找《费加罗报》。或许他们可以帮到我们。”弗雷德里克说得好像这件事很普通很好办一样。

“我知道他们报社大楼在哪儿！”伊蕾娜说着蹬

起车就走，快得好像后面有老虎在追赶一样。弗雷德里克一直费劲儿地跟在她后面，直到她在庄严的报社大楼前面停下才赶上她。他们把车支在一边，匆匆地跑进楼去。门卫想拦住他们，但是门口人来人往的，他们也就混进去了。

两个人一起上楼，看到一个牌子上写着“编辑部”，画着向上的箭头。伊蕾娜总是一步登两个台阶，

弗雷德里克也得这么做，免得她跑不见了。作为一个小姑娘，她跑得真不慢，弗雷德里克心想。

到了二楼，弗雷德里克已经上气不接下气。伊蕾娜基本大气不喘，但她却有点儿被震撼到了：他们现在就在《费加罗报》的编辑部，出产世界各地新闻的地方！记者们出出进进，打字机噼啪乱响，电话一刻不停，还有电报滴滴答答密如急雨。

“古斯塔夫·舍瓦利尔在那儿！”弗雷德里克说。

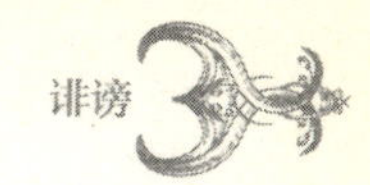

他呆呆地指着对面。没错！那就是总跟布朗莱的追随者混在一起的那个记者！这个混蛋在这儿干什么？

正在这时，古斯塔夫·舍瓦利尔转身看见了他们，马上挤开同事们跑了过来。

"小朋友！你们怎么在这儿？关于你们学校的文章晚几天才能刊登出来呢。我们得先看看选举结果怎么样。"他边走边说，"另外布朗莱的一些追随者可能对你们学校这种自由的教学方式不太满意。而我们当然不想给居里夫人带来不必要的麻烦。"他说。

"这么说您不是我母亲的敌人？"伊蕾娜感到很惊讶。弗雷德里克听到她问的问题也很惊讶，伊蕾娜太激动，居然忘了她是不跟陌生人说话的。

"哪里会！我是她最忠实的崇拜者啊！"古斯塔夫·舍瓦利尔喊道。

弗雷德里克跟他讲了新闻标题的事。

古斯塔夫·舍瓦利尔看上去很震惊。但是他又微笑着说："不过这种局面很快就会被我们扭转的。我们是一家严肃的报社，明天会刊登一版居里夫人的专访报道。到时一切都会明了的。”

“这不可能，又是骗小孩的话！”伊蕾娜对弗雷德里克低声说。

?为什么伊蕾娜肯定舍瓦利尔在说谎?

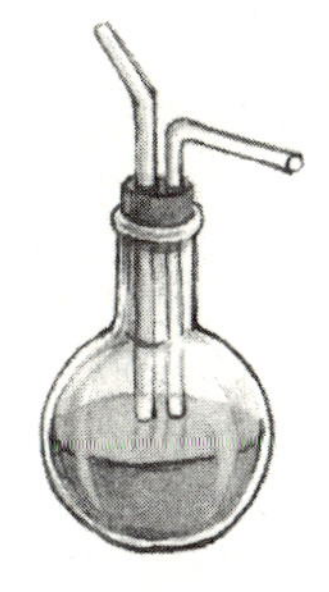

欺骗

“我妈妈不接受采访。她上一次接受采访已经是数年前的事了。当时我还没出生。”伊蕾娜生气地说。

“我可以证明。居里夫人不喜欢抛头露面。另外她也太忙了。”弗雷德里克也说。

“而且接受采访会影响选举者的判断。这是她不愿意做的。我妈妈太正直了。”伊蕾娜继续为母亲辩护。

古斯塔夫·舍瓦利尔皱起了眉头。

“那我采访的是谁？那位女士看起来就是居里夫人。当然我只见过居里夫人的照片。但是她跟照片很像！”

“那么您去过我们家？”伊蕾娜对这个记者已经不只是气愤了。

古斯塔夫·舍瓦利尔的脸一下子红了。但他反问：“你怎么知道的？”

“因为我们在家门口捡到两张写有贵报名字的纸片。”

“我有几个问题想问居里夫人本人。毕竟我不能刊登谎言啊！”古斯塔夫·舍瓦利尔结结巴巴地说。

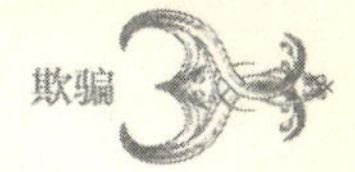

言外之意已经承认纸片确实是他丢的。但是他突然起了疑心，眯起眼睛问：“我怎么知道，你们两个不是在假冒别人，跟我扯一个弥天大谎呢？”

伊蕾娜被他一激，气得更加喘不上气来。不过弗雷德里克比较镇静，他说：“那您可以问我们一个问题。问我们关于居里夫人的事吧，一些只有认识她的人才知道的事情！”

古斯塔夫·舍瓦利尔挠着耳朵根想问题，“那好。居里夫人会将她的发明用来干什么？她会把专利卖给谁？”

“谁也不卖！”伊蕾娜说。

“哈！她对我说，俄国对此很感兴趣，她正考虑把专利卖给沙皇。”古斯塔夫·舍瓦利尔自认为问住了他们俩。但是伊蕾娜立即反驳说：“您看，又是一个谎言。我的妈妈想让她的研究成果被所有人使用。她永远不会申请专利，高价卖出，这会妨碍研究的。每个了解我妈妈的人都可以证实这一点。”

古斯塔夫·舍瓦利尔有些疑惑，“那好吧，我会检验一下，先暂停采访稿的刊登。”

“如果事实证明我们没有撒谎，您以后会帮我们吗？我们确定有人就潜伏在居里夫人的近旁想伤害她。”弗雷德里克问。

记者点头同意，匆匆走了。他脑海中想的全是采访的事。也许他采访的是冒牌的“居里夫人”？这种事情可是会严重损害他作为一个严谨的记者的名声的。无论如何他要制止这件事发生。

他飞快地走开了，留下弗雷德里克和伊蕾娜站在那里。

“现在怎么办？明天就要选举了。我们却还不知道是谁想伤害你的母亲。”弗雷德里克有点泄气。

“不用说肯定是布朗莱的追随者，其中一人让舍瓦利尔做了采访。但是如果采访报道不刊登，那么我妈妈还有赢的希望。”伊蕾娜心里也很乱。

回家的路上，弗雷德里克使尽浑身解数来让伊蕾

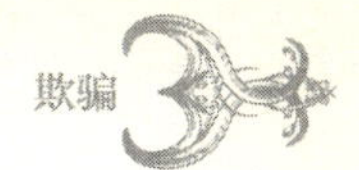

娜高兴，伊蕾娜的心情稍微好了一点。这天剩下的时间他们都待在伊蕾娜的房间里，把所有问题又在脑海中过了一遍。谁闯入了他们的花园？谁偷偷进了实验室？但是离找到问题的答案好像遥遥无期，以至于这一天结束得像开始一样糟糕。后来居里夫人疲惫地回到了家。她咬了几口干面包，看起来好像不想说话。

伊蕾娜给妈妈端了一杯茶，居里夫人道声“谢谢”，接了过来。

“你在为明天的选举紧张吗？”伊蕾娜问。

居里夫人往茶里加了点儿糖，搅了搅，心事重重地把勺子放在一边。“是的。”她轻轻地说，并挤出一个微笑。

“那些关于你的文章写得太恶毒了！”伊蕾娜骂道。居里夫人虽然还在微笑着，但是眼睛里却尽是悲伤。

“伊蕾娜，生活中有很多挫折。我们不能因为这些挫折就忘记了重要的事。重要的事就是研究，而不是什么愚蠢的科学院选举，没有一个女人想进科学院。”她慢慢地说。

“但这是一种认可。”

“是的。”

居里夫人的声音很轻，带着一些伤感。伊蕾娜坐到妈妈身边，把头靠在她的肩膀上。她不想让人伤害她的妈妈！但是，要怎么做才能阻止这一切呢？

一直到第二天早上，她还在想这些问题。她和妈妈、弗雷德里克一起坐在有轨马车上，一路上三人谁也没有说话。到站后，居里夫人下车去位于居维叶大街的实验室，她不想搅和到那件愚蠢的事情当中去，想清静地工作，像平常的日子一样。伊蕾娜跟妈妈告了别，和弗雷德里克继续往前走，去科学院。今天的课取消了，而这个激动人心的选举是他们一秒都不想错过的！

和预料的一样，科学院前面聚集了很多人。伊蕾娜看见科学院正门口站着妈妈的一批支持者。亨利·庞加莱、保罗·艾培、郎之万教授、莫里斯，还有让·佩兰，他们正在激烈地讨论着什么。奥黛特·杜邦和安东尼·罗氏也出现在她的视野中。他们都戴着大大的帽子；奥黛特的帽子上甚至还插了一根巨大的鸵鸟羽毛，高高地矗立在人群中，好像要跟远处的人招手一样。

郎之万教授走到伊蕾娜和弗雷德里克身边，神秘地说："我们买了一大束花，想一会儿献给你的母亲。"

"那么您觉得居里夫人会赢了？"弗雷德里克问。

郎之万教授用力点头，"肯定会！她必须赢。虽然有些蠢货不想让她赢。"他指着那边一个举着双

手的人，那人站在门口，喊着：“不许妇女进入科学院！”

“这是阿马伽。他曾跟你爸爸一同参加选举并赢了你爸爸，现在在这儿耀武扬威。”郎之万教授毫不掩饰对那个人的鄙视。

正在这时，科学院的院长走到阿马伽先生的旁边，笑着拍了拍他的肩膀，喊道：“让大家进去吧！妇女除外！”门卫点点头，打开了科学院的大门。选举马上就要开始了。伊蕾娜和弗雷德里克感到周围人越来越多，越来越拥挤。对手的阵营喊着口号——气氛紧张得似乎能立即引发一场恶斗。伊蕾娜有种感觉，接下来的几分钟将会比以往生命中的任何时候都要漫长。妈妈选择去实验室真是英明之举。

“我们在这儿站多久了？”伊蕾娜问。

弗雷德里克指着远处一座塔楼上的大钟，“一个多小时了。”

“选举应该快结束了。”郎之万教授嘟哝着。他掏出怀表看了看，又装到口袋里。他走来走去，看起来和伊蕾娜、弗雷德里克一样紧张。但是他没说准。

他们又足足等了两个小时，科学院的大门才慢慢打开了。院长走到人群中。所有人都把注意力转移到了他身上。他举了举手，示意人们安静，然后打开一张纸条，读道：“爱德华·布朗莱以30票对28票赢

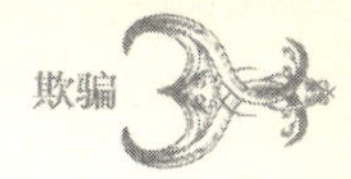

得选举！”

“不！”伊蕾娜喊道。她的膝盖有些发软，眼泪顿时涌上眼眶。她的妈妈以两票之差输了选举！

布朗莱的追随者阵营中爆发出掌声和欢呼声。

让·佩兰、亨利·庞加莱和莫里斯默默地走到伊蕾娜和弗雷德里克身边。

“我们已经把花扔了，现在不需要了。”莫里斯沮丧地说。

正在这时，有三个人气喘吁吁地跑过来，其中一个人的围巾都歪向一边了，另外两个人头上的帽子则完全是歪的。伊蕾娜认得他们，他们是科学院的教授。

“选举结束了吗？”其中一个人着急地问。

郎之万教授默默地点点头。他们三人互相看着，脸上全是失望的神情。

“真没用！我们在路上出事了，被堵在那儿了。”

“这肯定是布朗莱的追随者在幕后指使人干的！”亨利·庞加莱气愤地说。

站在他们不远处的一个布朗莱的追随者应该是听到了他们说话，大声笑着说：“我们为什么要用苹果箱让他们翻车、让整个街道被堵呢？布朗莱反正会赢！”

“所以真的是有选举舞弊！”弗雷德里克断定。

？弗雷德里克是怎么想到的？

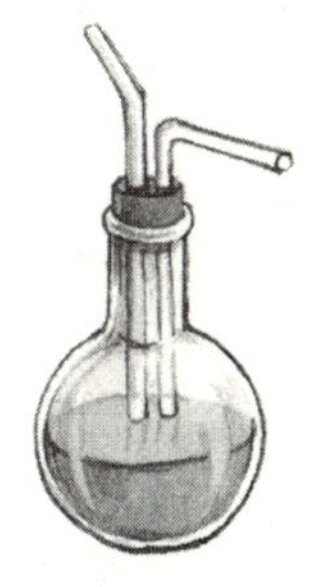

还有更多的密谋者

“我们得告诉妈妈。他们策划了交通事故，减少她的选票，阻碍她被选上！”伊蕾娜气愤地说。

弗雷德里克点头同意。不满情绪已经开始在居里夫人的支持者们中间扩散开来。有人喊“舞弊”，有人喊“选举欺骗”。声音越来越高，人们的愤怒之情越来越按捺不住了。

亨利·庞加莱摇着头。

“很遗憾，玛丽本应该得到一个公正公平的选举结果。”

“如果真的是选举欺骗呢？”伊蕾娜问。

“即便如此，如果我们现在闹起来，你妈妈也不会高兴。她连普通的荣誉都不愿接受。可想而知，如果我们因为选举舞弊和选举欺骗去为她制造混乱，她会怎么样？”让·佩兰说。

伊蕾娜用伤心的目光扫过这边群情激愤的人，又看看那边手舞足蹈的胜利者。是啊，让·佩兰说得对，妈妈不会喜欢这样的。

“作为保护你妈妈的卫士我们是彻底失败了。”弗雷德里克说。伊蕾娜没有回答，她还在跟眼泪作斗争。亨利·庞加莱、让·佩兰、莫里斯，还有郎之万教授决定到居里夫人的实验室去找她。他们觉得同事和朋友们的肯定和安慰会使她好过一些。而伊蕾娜和弗雷德里克只想回家。

他们失落地从科学院前面还未散去的人群里挤出来。马车已经驶出一大段距离了，他们还能听到夹杂着抗议声的欢呼。

“为什么我们没能发现对手的伎俩？”默默地在

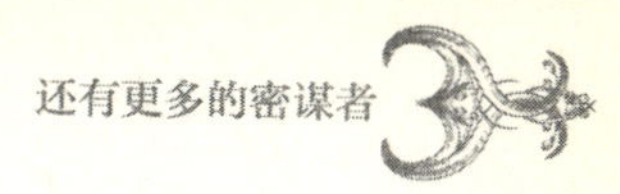

车上坐了好大一会儿后，伊蕾娜问旁边的弗雷德里克。

“我不知道。我们就是没有把种种迹象联系到一起，没有理清头绪。这就像科学研究一样，人不会总是有成果。”弗雷德里克回答。

他咧嘴笑笑，试着使伊蕾娜高兴一些，但是他做不到。回索镇剩下的路程他们都是在沉默中度过的。

寒风刺骨，几片雪花从天上摇摇晃晃地落下来。马车颠簸得厉害。下车之后，他们感觉几乎要被冻僵了。弗雷德里克拍拍伊蕾娜的肩膀跟她告别，然后就哆嗦着飞快地跑回了家。

伊蕾娜走进家门。客厅中传来诺伊赛特小姐和埃丽丝的叫骂声，她们又在吵架。其中还夹杂着钢琴声，多半是伊芙在练习。伊蕾娜既不饿也没有兴趣卷入两个女人的争吵中，她悄悄脱下湿透的鞋子，回自己的房间了。

今天不是美好的一天，她只想让它赶快过去。可是几个小时却如同过了数月。天黑了，雪下得更大了，但是妈妈还要几个小时后才能回来。当听到妈妈悄悄进屋，听到她跺脚抖雪，走到前厅的炉火旁，拉开吱呀叫的炉门的时候，伊蕾娜从椅子上一下子站起来，差点儿把椅子弄翻。她一步两个台阶地下楼，一下子扑进妈妈的怀里。

“妈妈，很抱歉！”

居里夫人笑着吻吻她，轻轻把她从怀里推开一点儿。

她脱下帽子和外套，拍拍上面的雪，把它们挂到衣架上。伊蕾娜的眼泪又在眼眶里打转了。居里夫人轻轻为她擦去泪珠。她的手是冰凉的，指尖粗糙皴裂，她用这双被实验腐蚀的手轻轻抚摸着女儿的额头和头发。

“怎么了，宝贝？”

“他们欺骗了你！”

“哪有，他们是欺骗了自己，不是我。还有，人生最重要的是工作、研究，还有在一起的亲人。”

说着，她把伊蕾娜紧紧地搂在怀里。

伊蕾娜以为她会伤心得再也睡不着，但是妈妈一番安慰的话让她很快进入了梦乡，第二天早上，她差点儿睡过头了。等弗雷德里克来敲门的时候，她才从客厅出来，擦着嘴角的面包屑，迅速穿好鞋和大衣，就匆匆去开门。

弗雷德里克像雪人一般站在街上。他们踩着厚厚的积雪去坐车。

“你妈妈怎么样？”

“很好，比我好。”

伊蕾娜眯眼看着早晨的太阳，它正钻出厚厚的云层。

弗雷德里克仍然试着安慰她：“我妈妈说，现在这个世界还没准备好接受女院士，但是这个时刻会到来的，妇女完全可以跟男人做一样的事情。”

“那就好！”伊蕾娜叹气。

妈妈被科学院拒之门外，只因为她是个女人。这件事情使伊蕾娜很恼火。整个上午，伊蕾娜都无法在郎之万教授的课堂上集中注意力。她为什么还要学习呢？如果妇女在科学界注定不能有所成就的话！伊蕾娜摇着头，不，她要向世界证明，妇女不仅仅会做饭和织毛衣，还能做很多事情。她笑了，重新投入到学习当中。到了午后，下了课，她开始满心期待和妈妈的见面。

她和弗雷德里去买了面包，还买了一些乳酪和橄榄油，并带着这些食物去居维叶大街的实验室。

“妈妈！我们买了吃的！”她兴高采烈地一边喊着一边冲进实验室。

居里夫人站在实验台旁边，扭过头看着他们说：“啊，是你们啊。你们刚才吓死我了！”

“出什么事了吗，妈妈？”伊蕾娜把食物放到桌子上，试探性地看着妈妈。

居里夫人看起来很不平静。

“可以这么说，有人翻了我的研究资料。一切都被弄得乱七八糟。我的一些笔记不见了！肯定是昨天晚上我走之后发生的。”

“昨天晚上？”

伊蕾娜起了疑心，睁大眼睛看着弗雷德里克。弗雷德里克八成跟她想的一样，也是满脸惊异地看着居里夫人。

“您今天上午不在实验室吗？”

“没有，我有一些东西要寄，然后又有课，所以我才过来。现在你们看看这个实验室！”

“这次可能真是莫里斯？”伊蕾娜说。

居里夫人摇摇头，“莫里斯请假回家三天。其他同事都有课。我不知道是谁动了我的东西！现在我得整理整理了。请不要生气，但是我真是没时间吃东西。”

伊蕾娜太了解母亲了，只好和弗雷德里克一同出来了。

“如果在选举后发生资料失窃的情况，那么舞弊背后必定还另有隐情！”还没走到街上，弗雷德里克就说出了他的怀疑。

伊蕾娜点头，“所以我们要继续追查下去。”

可惜下面还有两节化学课，所以他们只能先去学

校。他们来到学校，时间还有点儿早，只能在走廊上瞎转悠。突然弗雷德里克站住了，抓着伊蕾娜的胳膊说："快看！"

伊蕾娜顺着他指的方向看去，看见了奥黛特·杜邦。她在跟谁说话？更重要的是，在说什么？奥黛特·杜邦的声音突然大了起来，整个走廊都能听见："米多尔十尼颇托罗匹茨亚！乌纳斯奈特夫热每尼！"之后她转身走开了，和她说话的人也离开了。

"奥黛特·杜邦在说外语。我想，是俄语！这太奇怪了！"伊蕾娜很是怀疑，看着弗雷德里克说。

?伊蕾娜在想什么?

影子

“奥黛特·杜邦已经很多次让我们觉得奇怪，她肯定不正常！”伊蕾娜情绪激动地说。

“是，但是她想从你妈妈那儿得到什么呢？安东尼·罗氏与此有关吗？他们两人几乎总是在一个镜头里出现。他们是不是在密谋陷害你妈妈？”弗雷德里克说。

伊蕾娜咬着下嘴唇思索着。

“我不知道，但是他们让我觉得很可疑。还有很多没有答案的问题，是谁闯进了实验室？是谁冒充我妈妈接受了采访？”她说。

“昨天我以为一切都只跟选举有关，但是现在我不太确定了。”弗雷德里克说。

“我也是。我想我知道谁可以帮助我们！”

伊蕾娜向四周看看，确定没有人在注意他们，才靠近弗雷德里克耳边说：“我们得再去一趟报社。古斯塔夫·舍瓦利尔是记者，他能搜出很多东西。”

“但是他为什么要帮我们呢？”

“理由会有的。”伊蕾娜说着拉起弗雷德里克去上课。

在让·佩兰老师的两堂课上，弗雷德里克一直在想伊蕾娜要怎么说服那个记者来帮他们，但是直到下课也没想出来，去报社的路上他还是不知道答案。

他们又一次躲过了门卫，这一次门卫根本没注意到他们，因为他正跟两个摄影师聊得热火朝天，他们毫不费力地进了编辑部。

“舍瓦利尔在那边！”伊蕾娜指着一扇大窗户下面的写字桌。

弗雷德里克几乎听不清她说话。这个大房间里还是那么吵。人们乱成一团，打电话、讨论标题、打印文章。古斯塔夫·舍瓦利尔正在读一期《精益求精》，他完全沉浸在报纸内容中，以至于伊蕾娜和弗雷德里克的突然出现吓了他一跳。

“舍瓦利尔先生，我们需要您的帮助。”伊蕾娜说。

舍瓦利尔看清是他们才高兴地说：“你们来得正好，我正想去感谢你们呢。事实证明，有人给我做了假采访。有些信息根本不对，包括申请专利的事。你的母亲是波兰人，她绝不会把专利卖给沙皇的。”

古斯塔夫·舍瓦利尔看起来被这事弄得相当没面子。他站起来，把铅笔夹在耳朵上，好奇地看着两人。

“你们今天来干什么？”他问。

“是关于选举的事。我妈妈本来是一定会赢的。但是爱德华·布朗莱先生的追随者制造了交通事故，导致科学院的一些成员无法按时到场——这是彻头彻尾的选举舞弊。”伊蕾娜一口气说完。

“然后昨天夜里有人闯入居里夫人的实验室，偷走了她的笔记本。有人试图伤害她，但我们不知道是谁。我们想，或许您可以帮助我们。”弗雷德里克补充说。

古斯塔夫·舍瓦利尔认真地听着他们的话，并若有所思地点着头，摸着自己的下巴，最后说：“选举舞弊是今天的新闻，我们甚至还写了一篇关于此事的报道，但是科学院的院长觉得选举是公正的，所以结果无须更改。不好意思。”

伊蕾娜叹口气：“那么偷东西的事情呢？”

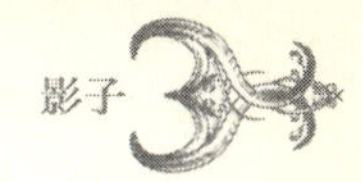

“或许是你妈妈自己放错了位置？”

“不可能！”伊蕾娜发起火来。

记者耸耸肩。

“你知道，选举已经结束了，所以我们找不出什么可写的新闻了，而且关于你母亲，我也写不出什么有趣的东西来。她又不接受采访，而且过的是深居简出的生活。”

“您什么意思？”弗雷德里克问。

“记者喜欢报道他们能找到的关于名人的一切事情，但必须是有趣的事情，而居里夫人连一顿有趣的饭都不吃，她宴请客人吃的都是土豆青菜！”古斯塔夫·舍瓦利尔摇着头说。

伊蕾娜顿时起了疑心。

“您怎么知道这些的？”她的问题像出膛的子弹。

古斯塔夫·舍瓦利尔一下子脸红了，却没回答。

“您去过她们家花园！是您四处翻东西碰倒了垃圾桶！”弗雷德里克喊道。

古斯塔夫·舍瓦利尔急忙说：“嘘，别这么大声……”

“这事要是被我妈妈知道，她永远不会接受您的采访了！”伊蕾娜生气地说，但是她突然想起一件事情，她的脸马上又笑开了花。

“您还是想采访我妈妈，对吗？”

“对。”古斯塔夫·舍瓦利尔听她这么问便不那么紧张了。

“那好。如果您帮助我们搜寻两个人的信息，我

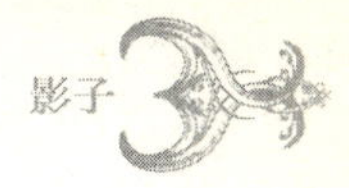

保证让妈妈接受您的采访，怎么样？”她调皮地笑着。

古斯塔夫·舍瓦利尔坐到椅子上，笑了。

“你把一个记者整得真没辙。好吧，那我们说定了。你们想找谁的信息？”

这天剩下的时间，他们俩都在想一个问题，那就是古斯塔夫·舍瓦利尔能不能成功地挖到奥黛特·杜邦和安东尼·罗氏的底。

“他是记者，如果他找不到什么信息，那就说明没什么可找的。”弗雷德里克也跟伊蕾娜一样热切地期待着古斯塔夫·舍瓦利尔能帮到他们。

但是他们等了很久，还是等不到回复。舍瓦利尔说一找到信息就来找他们，可是他始终没来。当晚没有来，第二天上午也没有来。弗雷德里克和伊蕾娜一整天都在郎之万教授的课上愣愣地出神，要费力才能跟上授课的进度。下课后，他们情绪非常低落地去买小面包和乳酪，以便跟居里夫人一起吃晚饭。

“他不会来找我们了。他不会找出什么来的。我们肯定找错人了。”买乳酪付钱时，伊蕾娜伤心地说。

“我们得耐心点儿。他肯定能找到的……希望如此。”弗雷德里克把食物放到口袋里，骑上车，默默地跟伊蕾娜去居维叶大街。

暮色已经光临巴黎，雪又下了起来。居维叶大街在这个时候街上没什么人，冷风像千万把小刀子一样

刮着他们的脸。伊蕾娜用力蹬着脚踏车，好快点儿骑到实验室，这时她看见有人正从实验楼里出来。

“看，那是不是妈妈吗？”她不自觉地刹了车。弗雷德里克也停下来，眯着眼瞅着楼门口。

“不是。但那是谁呢？莫里斯现在又不在这儿。”他很诧异。

那人把大衣领子竖了起来，缩着肩，往四周看了一眼，发现伊蕾娜和弗雷德里克后，马上转身并快步走开了。

“可疑！”伊蕾娜说。

“走，我们跟上他（她）。”弗雷德里克说。

他们只往前骑了几步，那人便如松鼠般敏捷地拐进了一个拱廊。

“快，别跟丢了！”伊蕾娜轻呼。但是弗雷德里克叫住她，示意她跟他走。他把自行车靠在附近的墙上，然后小心又迅速地去跟踪那人。他们跟到拱廊边，弗雷德里克把手指放在嘴上示意伊蕾娜别出声，现在他们不能暴露自己。他们听到前面有人在低语。伊蕾娜探身看了看，只能看见身影，不过虽然这样，她已经知道前面是谁了。

?伊蕾娜认出了谁?

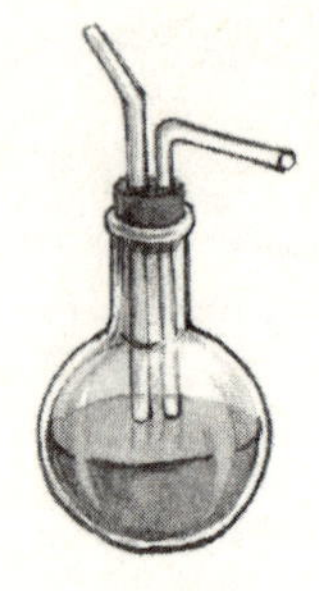

谁曾料想

“这非常不对劲。看起来她好像要藏什么东西一样。”伊蕾娜声音尽可能轻地说。

“是啊，我也这么觉得。我们得拦住她。”弗雷德里克说。他抹掉睫毛上的雪花，正想跑出去，寂静的街道上传来一个人的喊声。

“啊，你们在这儿啊！索邦有人告诉我，我也许可以在居里夫人的实验室里找到你们。”

古斯塔夫·舍瓦利尔！不早不晚，偏偏在这个时候来找他们了。弗雷德里克暗自叫苦，急忙示意记者安静。伊蕾娜瞅瞅拱廊里面，奥黛特·杜邦走得更

远了。

“怎么了？”古斯塔夫·舍瓦利尔不明所以。

“小点儿声！奥黛特·杜邦刚刚从实验楼里出来。她的行为很令人怀疑，现在和另一个人站在那边——很可能是安东尼·罗氏。他们两个肯定在密谋什么！”伊蕾娜压低声音，以免引人注意。

古斯塔夫·舍瓦利尔郑重地点点头，把伊蕾娜和弗雷德里克拉到一边。

“我们得谨慎点儿，别让他们发现我们。我了解到了可怕的情况。”

弗雷德里克和伊蕾娜竖起耳朵听他说。古斯塔夫·舍瓦利尔小心地往旁边瞅了瞅，才慌慌张张地跟他们说："奥黛特·杜邦和安东尼·罗氏不是科学家！他们是奥赫拉那的人！"

"奥赫拉那？那是什么？"弗雷德里克没听说过。

"俄国的秘密警察局。"伊蕾娜说。弗雷德里克和古斯塔夫·舍瓦利尔都十分惊讶地看着她。伊蕾娜解释说："我妈妈曾跟我说过，她住在波兰家里的时候，就常常被奥赫拉那监视。秘密警察局非常恐怖，重要的事情都逃不过他们的耳目。"

舍瓦利尔点头："对。看样子俄国秘密警察局正在关注居里夫人的研究。奥黛特·杜邦就是给我做假采访的人。她戴了顶假发，我就把她错认为是你妈妈了。至于安东尼·罗氏，我在照片资料库里发现了他的照片，是他跟沙皇在一起的合影。"

"什么？"伊蕾娜十分吃惊。

"是的。所以我们得赶紧想想，该找谁帮忙。这

里现在非常危险。”舍瓦利尔说。

伊蕾娜正想回答他，忽然瞥见街对面走来一个人。她定睛一看，又有人从实验楼出来了，这次真的是妈妈！

“妈妈在那儿！我们得告诉她这一切！”伊蕾娜边喊边冲妈妈招手。居里夫人注意到了她，匆匆过马路来到他们这边。她看起来很疲惫，又怒气冲冲，几缕头发从发髻上散了下来，盖在脸上。

“有人偷了我的笔记本！我只离开了几分钟，回来就发现实验室又被翻得乱七八糟。而且这次偷走了我的笔记本！这真是悲剧！我所有的最新研究结果都记在那里面！”

“是刚刚被偷的吗？”古斯塔夫·舍瓦利尔问。

居里夫人刚开始没注意到这个人，她惊讶地问：“您是……”

“这是舍瓦利尔先生。他可以帮助我们，他是我们这边的。相信他吧，我们以后再详细告诉您原因，

妈妈！”伊蕾娜简单说完，撒腿就跑。弗雷德里克愣了一秒就明白伊蕾娜想干什么了——她想拦下奥黛特·杜邦和安东尼·罗氏！

弗雷德里克赶紧追了上去，剩下居里夫人和舍瓦利尔愣在那儿。

“你看见他们往哪个方向跑了吗？”他冲伊蕾娜喊。

“那边！”伊蕾娜回答着，同时加快了脚步。雪下得更大了。看起来气温马上又要降低了。地上结了一层薄冰。

他们拐进另一条街。路上的车已经不多了，仅有的几辆出租马车也都慢悠悠地走着。

路面非常滑，弗雷德里克要费力才能跑稳。他还差点儿摔一跤，幸好扶住了路灯。但是看到奥黛特·杜邦那顶装饰着大羽毛的帽子就在他们前面不远处招摇，他又加速冲了上去。必须抓住他们！

“我们马上要赶上他们了！”他喘着气说。

伊蕾娜边跑边点头。这时一个卖菜的人推着车从旁边胡同里出来，挡在她前面，差点撞上。伊蕾娜踉跄地躲过去了，可是菜车上的土豆、洋葱滚了一地，给后面的弗雷德里克造成很大困扰。卖菜的叫骂起来。

这个动静被前面的奥黛特·杜邦和安东尼·罗氏听到了。他们扭头看见弗雷德里克和伊蕾娜，正要冲他们微笑打招呼，只见伊蕾娜大喊着“小偷！间谍！”跑了过来。他们脸上的微笑一下子凝固了，转身便想逃之夭夭。正在这时，古斯塔夫·舍瓦利尔出现在他们面前，一个箭步跨到他们身边，抓住了他们的胳膊。

“怎么回事？偷东西？是不是有什么误会？”奥黛特·杜邦叫道。

安东尼·罗氏想动手，但是舍瓦利尔快他一步，将他的胳膊反抓到背后。安东尼·罗氏怪叫了一

声，跪了下去。奥黛特·杜邦抓起裙摆，正想脚底抹油——溜之大吉，伊蕾娜和弗雷德里克已经冲上来抓住了她。

“这是对公民的人身攻击！”奥黛特·杜邦叫道。

但是弗雷德里克和伊蕾娜并不松手，他们看见居里夫人和一名警察跑了过来。

“请逮捕这两个人，先生！他们是大骗子！”古

斯塔夫·舍瓦利尔叫道。

警察有点儿摸不着头脑，但是照舍瓦利尔说的办了。毕竟有居里夫人在场，她总是可信的吧！

“先生，小姐——我宣布，你们被逮捕了！”警察以坚定不移的口吻说。安东尼·罗氏被从地上拽了起来。警察对古斯塔夫·舍瓦利尔说：“您要不要给我解释一下，为什么我要逮捕这两个人呢？”

舍瓦利尔说道：“我可以告诉您，这两个人是俄国的间谍，他们偷走了居里夫人的精神财富。”

“间谍？”居里夫人和警察异口同声地喊道。

“是的，俄国的间谍。谁曾料想会是这样呢？”这句话古斯塔夫当晚重复了N次。奥黛特·杜邦和安东尼·罗氏已经被押入监狱，第二天就要接受审讯。伊蕾娜、弗雷德里克、古斯塔夫·舍瓦利尔，还有居里夫人现在坐在居里夫人家温馨的小客厅里。

古斯塔夫·舍瓦利尔放下茶杯。

“俄国人想买您的专利，但是您无偿地把研究成果献给了全世界的人民。这点八成让俄国人很不爽。沙皇想让俄国在科学界成为世界第一，而您的工作对他们是非常有用的。另外，您是波兰人，您知道，波兰已被俄国占领。沙皇觉得您的工作成果应该是属于他的。”

“无耻！”居里夫人生气地说，又对伊蕾娜和弗雷德里克说，“我应该早点儿听你们的话，你们早就提醒我要注意异常情况了。”

伊蕾娜开心地对妈妈微笑着，弗雷德里克高兴得合不拢嘴。他们没有失职！

“您现在可以采访了！”伊蕾娜对古斯塔夫·舍瓦利尔说。舍瓦利尔真是又惊又喜。

“我的第一个问题已经有了。”他有点儿不好意思地说。他还是无法抑制自己的喜悦之情，他居然可以跟居里夫人在这里有这样一次私人的访谈！

居里夫人笑得明媚照人。

“谨听舍瓦利尔先生提问，但是请一个一个地来。”

“嗯，您现在在研究什么？是什么让俄国这么感兴趣？”

居里夫人耸耸肩。

“我在研究镭的化合物。它对我个人来说非常有趣。至于其他人，我不知道他们是否也感兴趣。”

“你总是这么低调，妈妈。”伊蕾娜笑着说。大伙都笑起来。

亲爱的弗雷德里克：

我不是说过妈妈总是太低调吗？但是你能想象得到她的笔记本到底有多大的价值吗？由于她研究的重要性，她已经第二次被授予诺贝尔奖了。这次是化学奖。我真高兴我们揭开了谜底。

斯德哥尔摩非常冷，我们快被雪埋住了。但是这种天气我们在抓窃贼的时候就遇到过。

人们恭维我们。颁奖仪式是如此隆重，以至于我希望有一天自己也能得到诺贝尔奖。我会把这个目标放在心上的。

致以美好的祝福！

伊蕾娜

1911 年 12 月

附录 1：答案

作案凶“猫”

猫对青菜土豆不感兴趣，更不会翻垃圾。另外门把手上还挂着一块土豆皮。

神秘的纸条

不能让居里夫人赢得选举。必须加以阻挠。

实验

实验台很乱。还有被打翻的液体。没有人会这么离开居里夫人的实验室，因为这是她绝对不能忍受的。

层出不穷的问题

杜邦女士和罗氏先生不可能在外面站了很久，因为他们的大衣和帽子上还没有积雪。

秘密

把纸条拼到一块儿，可以看出以下内容：9:00 编辑部会议（费加罗）。12:00 采访居里夫人。

诽谤

居里夫人从来不接受采访。古斯塔夫·舍瓦利尔怎么会采访到她呢？

欺骗

居里夫人的支持者没有提苹果箱的事，只说是在路上出事了，那么布朗莱的追随者怎么会知道苹果箱的事？

还有更多的密谋者

奥黛特·杜邦显然在说谎，因为她说过她不会外语。

影子

奥黛特·杜邦和安东尼·罗氏。奥黛特的帽子上插有一根很显眼的大羽毛，安东尼戴一顶大礼帽。

附录 2：居里夫人生平

◆玛丽 · 斯克沃多夫斯卡，1867 年 11 月 7 日在华沙出生，父亲是数学和物理学教授。

◆ 1883 年以优异的成绩从女子高中毕业。同年，她的家庭差点儿失去所有财产。

◆ 1883~1890 年开始从教，用所得收入供学医的姐姐上大学。另外她还免费给乡下的孩子上课，义务给流动大学的学生上朗读课。

◆ 1891 年开始在巴黎上大学（数学和物理学）。入校注册时她填写了“玛丽 · 斯克沃多夫斯卡”这个名字。

◆ 1893~1894 年以第一名的成绩结束物理课程，数学成绩第二。成为物理教授安东尼 · 亨利 · 贝克勒尔（Antoine Henri Becquerel）的博士生。

◆ 1895 年 7 月 26 日与皮埃尔 · 居里结婚。夫妇俩在一个临时搭建的极其简陋的实验室（他们把它叫作“Hangar”）开始并肩工作。

◆ 1896 年，安东尼 · 亨利 · 贝克勒尔发现了铀的放射性。居里夫人相信这种放射性在其他元素身上也能找到。他们通过一系列沥青铀矿实验分离出两种尚不为人知的元素——钋和之后的镭。

◆ 1897 年女儿伊蕾娜出生。伊蕾娜于 1935 年与丈夫弗雷德里克 · 约里奥 - 居里一同摘得诺贝尔化学奖。

◆ 1898 年和皮埃尔 · 居里发现了钍的放射性。

◆ 1900 年起在赛弗尔女子高等师范学校教物理。她是通过实验使课堂变得生动有趣的第一人。

◆ 1902 年 6 月 9 日，丈夫皮埃尔·居里在参加科学院院士竞选时，在第二次投票选举中输给了对手法国物理学家、高压研究专家埃米尔·希莱尔·阿马伽（Emile Hilaire Amagat，1841~1915）。

◆ 1903 年 6 月获得物理学博士学位。12 月，皮埃尔·居里夫妇和安东尼·亨利·贝克勒尔共同获得诺贝尔物理奖（奖励他们在自发放射性和放射现象领域的开拓性工作）。

◆ 1904 年小女儿伊芙出生。皮埃尔·居里开始在巴黎索邦大学当教授。居里夫人将她对于放射性物质的研究公成果布于众。

◆ 1905 年丈夫皮埃尔·居里进入科学院。

◆ 1906 年 4 月 19 日，皮埃尔·居里在马车交通事故中不幸丧生。5 月 13 日，在索邦大学负责人和同事们的请求下，居里夫人接过了亡夫的工作，成为历史上第一位在索邦大学正式授课的女性。

◆ 1908 年正式获得索邦大学物理教授职位。

◆ 1911 年 1 月参加法国科学院院士席位的竞选，她是第一个参加此竞选的女性。1 月 23 日，她以 28 比 30 的微小劣势输了竞选。12 月，居里夫人获诺贝尔化学奖（奖励她分离出钋和镭，以及对这些元素化学性质的研究）。她的女儿伊蕾娜跟她一同去瑞典参加了颁奖典礼。

◆ 1914 年成为巴黎大学镭研究所的主任。

◆ 1914~1918 年第一次世界大战爆发，居里夫人不想置身事外，偏安一隅。她与女儿伊蕾娜组建了一个移动的 X 射线医疗站，主体是一辆车，居里夫人开着这辆车多次往来于战争前线（有时独自一人）。

◆ 1918~1927 年和女儿伊蕾娜在巴黎的镭研究所工作，在此期间研究所发展成为核研究中心。

◆ 1921 年和两个女儿一起在全美巡回授课。其间，时任美国总统沃伦 · 哈丁（Warren G. Harding，

1865~1923 年）赠予她一克镭，以示对她的研究工作表示肯定。

巡讲期间，她的身体显示出了长期研究放射性元素所致的病症。

◆ 1922 年国际联盟委员会一致推选居里夫人为国际文化合作委员会成员。

◆ 1922 年起成为医学院院士，更加全身心地投入到放射性物质在医学上的应用研究中。

◆ 1934 年 7 月 4 日在法国上萨瓦省的桑塞罗谟去世。

附录 3：一个独一无二的女人——居里夫人

学者在他的实验室里不只是一个技术员，他坐拥美妙的自然规律，就像一个孩子站在童话世界的门前一样。

——居里夫人

年轻的玛丽

想把居里夫人的个人生活跟她的科学家生活分开是不可能的。儿童时期，学习对于她来说就是一件非常简单而且有趣的事情。学习读书写字就像一个游戏，同样轻松容易的也包括解数学方程。

从女子高中毕业后，她已经熟练掌握四门外语，被邀请上流动大学的课。流动大学不是真正的大学，而是一个秘密学校。俄国占领波兰后禁止学校用波兰语上课。对于波兰年轻人来说，这是在限制他们的自由和本国文化。所以他们组织了一个秘密团体，不定期地聚到一起授课。更重要的是，每次聚会的地点都不能一样，以免被俄国秘密警察局发现。流动大学用波兰语教授天文学、社会学和自然科学。

居里夫人业余时间免费给贫苦的孩子上课，同时在别处教书挣钱养活自己。她的目标是在巴黎上大学。这个愿望实现后，她在巴黎学习得非常刻苦、努力，以至于差点儿错过了自己的真爱——皮埃尔·居里。

与皮埃尔·居里的生活

很幸运，皮埃尔·居里也是科学家，有着同样的拼搏精神和求知欲，和玛丽一样喜欢自己的工作。他们一起作研究，并一同获得诺贝尔物理奖（1903 年）。两个人都喜欢骑自行车旅行，放松身心后又一头扎进实验室，废寝忘食，闭门不出。居里夫人非常不喜欢接受采访，如果接受采访，谈的也都是工作。"科学只关乎物，不关乎人。"她对一个想写她私生活的记者说。

在居里夫妇的生活里，工作是中心。此外重要的就是两个女儿。但是这种伟大的爱情在 1906 年被命运画上了句号，这年皮埃尔·居里在车祸中丧生。

寡居的居里夫人

丈夫死后，居里夫人被所有人尊称为“居里夫人”。只有工作才能让居里夫人暂时忘掉悲痛。她把继续他们俩的事业看成是自己的责任。她的两个女儿，尤其是继承了他们对科学热爱精神的大女儿伊蕾娜，辅助她进行实验。二女儿伊芙比较喜欢音乐，有艺术天分，长大后走上了艺术发展的道路。

到了伊蕾娜上高中的年纪，居里夫人觉得她的潜能在学校里不能得到充分发挥，便和索邦大学的其他一些教授共同组建了一所私人学校。伊蕾娜和 8~10 个孩子在这所学校接受最著名的教授的私人授课。每天只有一到两个小时，上课地点不固定，有时甚至在户外。当时的报纸还报道了这一特别的授课形式。可惜两年后，这所学校因为教授们没有时间而解散了。伊蕾娜便上了另一所私立学校，后来伊芙也上了这所学校。

1914年，居里夫人和女儿伊蕾娜一起设计了一套移动的伦琴设备。第一次世界大战爆发，前线的士兵需要帮助。居里夫人一生做事踏实投入，她曾多次独自开着伦琴车去前线的各个野战医院帮忙。

战争结束后，她和女儿重新全身心投入到研究当中。由于发现了人工放射性物质，伊蕾娜·居里在1935年和丈夫弗雷德里克·约里奥－居里一起获得诺贝尔化学奖。获奖时，居里夫人刚刚去世几个月。

第一

在居里夫人生活的年代，女性上大学并不是常见的事情。社会分配给她们的角色是家庭妇女、贤妻良母。但是玛丽和她的姐姐布罗妮亚不仅在巴黎上了大学，而且成绩优异。玛丽大学毕业时，物理成绩排在年级第一，数学成绩是第二。在毕业照上，她是唯一的女生。

居里夫人是一位非同寻常的女强人。她给女儿的也是这样的教育。她们可以穿男孩子的服装，可以做体育运动。这两件事在当时都是难以想象的。

居里夫人是第一位获得诺贝尔奖的女性，是第一位被允许在索邦大学教书的女性，也是第一位进入科学院的女性。在所有获得过诺贝尔奖的名人当中，居里夫人是唯一跨越两个领域、兼得两个学科——物理和化学奖项的人。

钋和镭——改变世界的新元素

居里夫人的博士生导师安东尼·亨利·贝克勒尔，在1896年发现了铀的放射性。玛丽和皮埃尔·居里很为之着迷，他们相信其他元素也必能发出这种射线。他们没有估计错。在长达数年的艰苦、枯燥的研究并经历了很多的挫折之后，他们终于在1898年底发现了未知元素“钋”（居里夫人用祖国波兰的名字为之命名）。1898年12月26日，他们分离出了“镭”（radius-这个词根在拉丁语中意为照射）。这两种元素都是具有强烈放射性的。不久以后，他们又发现了钍的放射性。这些研究结果成为科学界轰动性的事件，为后续的很多研究奠定了基础，至今影响着我们的生活。

放射性——是福音也是灾难

放射性这个概念也是源于居里夫人。它的含义是原子核的自发裂变。然而玛丽和皮埃尔·居里不知道也无法估计，放射性有多大的危害。在发现之初，这些射线不仅被认为是无害的，而且被当作福音，尤其是在医学上。居里放射疗法治愈了多种疾病。

此外，科学家们对原子核裂变过程中释放出的巨大能量非常感兴趣。他们想把这种能量利用起来。由此原子物理的时代开启了，同时原子弹的时代也开启了。福音和诅咒在放射性元素身上从来都是并行存在的……

居里夫人也未能幸免于难。她的死亡正是多年与致癌的放射性材料打交道所致。

以科学之名

居里夫妇的发现对于科学史是如此重要，以至于许多东西都被冠以他们的名字，在今天仍是如此。除了居里天平，还有居里常数、居里定理以及居里温度。居里曾一度是一个量度单位，而居里疗法是医学上的重要名词。

放射是非常危险的，但是它也可以是一种福音。正如皮埃尔·居里所说："我认为，新发现对于人类是利大于弊的。"

附录 4：作者和插画家介绍

作者——贝琳达（Bellinda），1969 年生于奥地利。当她还是个孩子的时候就喜欢纸张。刚学会写字，她就开始在纸上搞创作了。有一天，纸上的字母连成了一篇故事，这篇故事让她如此喜欢，以致一发而不可收拾，写作了更多的故事。现在她每天都写，尤其喜欢写侦探小说和历史故事。

插画家——柯友孙（Yousun Koh），1975 年出生于韩国，在首尔学习了视觉设计，之后又在明斯特学习绘画。她已做自由画师多年，喜欢以画载道，让世界在她的画中明了清晰。